Una Navidad inolvidable

Textos: Anne Marie Frisque
Ilustraciones: Fabrice Lelarge
Traducción: Ma. del Pilar Ortiz Lovillo
Adaptación: Remedios Martínez G.

© Editions Hemma (Bélgica)
"D. R." © MMII por E. L., S. A. de C. V.
          Dinamarca 81, México 06600, D. F.
ISBN: 2-8006-8131-4 (Hemma)
ISBN: 970-22-0421-6 (E. L., S. A. de C. V.)
PRIMERA EDICIÓN

Hemma y el logotipo Hemma son marcas
registradas de Editions Hemma, S. A.

Impreso en México – Printed in Mexico

Un lobo casi bueno

Lobi-to entró en la madriguera con cara de preocupación.
—Mami, ¿quién es el Ciervo de la Navidad?
Mamá Lobo sabía bien que un día su hijo le haría esta pregunta,
y también sabía que la respuesta no le agradaría.

—El Ciervo de la Navidad vive en los bosques nórdicos. Durante todo el año observa a los cachorritos que viven en los bosques del mundo entero y, si se portan bien, les trae un regalo la víspera de Navidad.

Lobi-to sacudió la cabeza.

—¿Por qué no me dio regalo este año? A Coneji-to le trajo zanahorias, a Jaba-to, champiñones y a Potri-to, avena; ¡soy el único que no recibió obsequio!

Mamá Lobo abrazó tiernamente a su hijo.

—¡Así es hijo mío! Los lobos no son buenos.

Matan a las gallinas, a los conejos o a los zorros, para comer.

Todas las noches aúllan en los bosques para asustar a los humanos.

Que yo recuerde, ningún lobito ha recibido un regalo del Ciervo
de la Navidad.

—Si me portó bien el año próximo, ¿crees que el Ciervo
de la Navidad me obsequiará una gallina gordita?
—¡Vaya, vaya!, sonrió Mamá Lobo, ¿por qué no? Siempre y cuando
seas muy, pero muy bueno. Me gustaría ver cómo lo consigues.
Lobi-to frunció las cejas.
—¡Es un hecho!, exclamó con determinación. ¡A partir de hoy me
comportaré mejor que los demás lobos! ¡Seré el primero
en recibir un regalo del Ciervo de la Navidad!

Desde entonces, Lobi-to cuidó su comportamiento.
Durante enero, febrero y marzo, rompió únicamente la mitad de los
huevos de Mamá Gallina, despertó tan sólo quince veces a Papá Búho
en pleno día y cazó apenas seis ovejas, por gusto, pero sin
mordisquearles las patas como es su costumbre.
—¡Debo portarme bien!, se repetía sin cesar,
¡y el Ciervo de la Navidad estará muy contento!

En abril, mayo y junio, destruyó sólo tres nuevas madrigueras
de la familia Conejo, se comió cinco veces la comida del perro que
cuida el huerto, y apenas arrancó unos cien tulipanes rojos
del jardín de la granjera.

Tuvo mucho cuidado de
no estropear los rosales
ni las margaritas que a
ella le gustan tanto.

—¡Hay que portarse bien,
muy bien, pensaba día a
día, si no el Ciervo de la
Navidad no vendrá!

En julio, agosto y septiembre, atacó a unas quince vacas,
para divertirse; mordió el trasero de sólo dos cerdos
que estaban un poco gorditos y persiguió a
las ardillas únicamente dos veces por semana,
sin causarles ningún daño.
—Hay que portarse bien, murmuraba
mientras corría tras los pequeños
roedores, ¡así el Ciervo de la
Navidad me dará una buena
recompensa!

En octubre y noviembre, irrumpió en tres ocasiones al gallinero de la granja para desafiar al gallo y devoró apenas unas veinte salchichas que el granjero guardaba en la despensa.
—¡No hay nadie que se porte mejor que yo!, le decía a todos.
¡El Ciervo de la Navidad debe estar feliz!

En diciembre, por fin llegó el momento tanto tiempo esperado.
Lobi-to tomó una hoja de papel, un lápiz y empezó a escribir.

Querido Ciervo de la Navidad:
Fui un lobezno muy bueno todo el año, como usted seguramente
habrá notado.
Para Navidad quisiera, por favor, una hermosa gallina bien gordita.
Muchas gracias.

Firma: Lobi-to

Los días que precedieron a la Navidad fueron los más largos de su
joven vida.
Ante la mirada divertida de Mamá Lobo y de los otros miembros
de la manada, Lobi-to colocó un frondoso pino cerca de la chimenea
y elaboró unas treinta guirnaldas doradas con hojas secas,
que dispuso por toda la madriguera.

El 24 de diciembre por la noche, Lobi-to preguntó:
—Mami, ¿crees que venga el Ciervo de la Navidad?
—Yo no sé nada, respondió dulcemente Mamá Lobo acariciándole la cabeza. Pero una cosa es segura: ningún lobezno ha hecho tantos esfuerzos para complacerlo. El Ciervo de la Navidad seguramente se ha dado cuenta.
—Me porté muy bien, ¿verdad?
Mamá Lobo sonrió tiernamente.
—Digamos que te faltó poco para ser bueno, sí. ¡Vamos, ahora duerme bien! Buenas noches lobito *casi* bueno.
—¡Buenas noches, mami!

Lobi-to cayó de inmediato en un sueño maravilloso, en el que se daba un festín de reyes en compañía del Ciervo de la Navidad, que le cocinaba una gallina gordita tras otra.

—¡Vino el Ciervo de la Navidad! ¡Vino el Ciervo de la Navidad!
Lobi-to despertó a toda la manada corriendo de habitación en
habitación por la madriguera.
En cuanto salió el sol, el lobezno corrió hacia el pino, al pie del cual
estaba un hermoso paquete con su nombre escrito en letras de oro.
—¡El Ciervo de la Navidad! ¡El Ciervo de la Navidad!
Los lobos de la manada se acercaron lentamente al
árbol de Navidad.

—¿Qué esperas, Lobi-to?, preguntó Mamá Lobo. ¡Ábrelo pronto!
Lobi-to se apoderó del regalo.
—¡Pedí una gallina bien gordita!
Abrió delicadamente la caja que estaba envuelta en papel rojo y
sacó una hermosa gallina... ¡de chocolate!
Lobi-to frunció las cejas.
—¡El Ciervo de la Navidad se equivocó!, exclamó sorprendido.
¡Yo quería una gallina de verdad!

Mamá Lobo aclaró:

—No, hijo mío, explicó en tono comprensivo. El Ciervo de la Navidad no se equivocó. ¡Ya entendí!

—¿Qué?

Mamá Lobo no pudo contener la risa.

—¡Este año fuiste casi bueno, entonces el Ciervo de la Navidad *casi* te regala una verdadera gallina bien gordita!

Todos los lobos de la manada rieron a carcajadas y Lobi-to los imitó de buena gana. Después de todo, ¿acaso no era el primer lobito que recibía un regalo del Ciervo de la Navidad?

Té de Navidad

Ingredientes: 1 litro de té verde concentrado, 6 limones,
3 naranjas, 1 litro de agua, 10 o 15 cucharadas de azúcar morena en polvo.

• Pela las naranjas y los limones,
luego córtalos en rebanadas
delgadas.

• Con ayuda de mamá prepara el
té verde y déjalo enfriar.

• Mezcla todos los ingredientes
en una ensaladera grande.

• Guarda esta preparación en el
frigorífico por lo menos dos horas.
• Antes de servir, calienta
la mezcla hasta que hierva.

• Sirve el té de Navidad muy
caliente y acompáñalo con galletas
(pastas). ¡Qué delicia!

El muñeco de nieve

—¿Tienes la zanahoria y la pipa?, preguntó el papá.
—Sí, respondió el niño. Y también los botones negros para los ojos.
El muñeco de nieve estaba casi terminado.
Una enorme bola para el cuerpo y otra más pequeña para la cabeza,
el sombrero raído del abuelo, la vieja escoba del granero, una
zanahoria, una pipa, dos botones y, ¡listo!, el muñeco más hermoso
del barrio adornará el jardín hasta que termine el invierno.

—Un botón, dos botones y ya está, dijo el papá.
—¡Es genial!, contestó emocionado el niño.
¿Crees que se derrita durante la primavera?
—Desafortunadamente, sí.
Se alejaron un poco para admirar su obra.
—¡Hombres, a la mesa!, gritó la mamá desde la ventana.
Padre e hijo acudieron al llamado, corriendo
y lanzándose bolas de nieve.

"¿Derretir?", pensó el muñeco de nieve,
"¿me derretiré durante la primavera?".
Giró ligeramente la cabeza para observar
mejor los paisajes nevados.
"¡Es imposible! ¡No puede derretirse
toda esta nieve, hay demasiada!"
El muñeco de nieve vio de reojo a un conejo
que atravesaba rápidamente el camino.

—¡Oye, conejo!, le gritó. ¡Quiero hacerte una pregunta!
De pronto, el conejo se detuvo. Con el hocico tembloroso,
sus ojos redondos y negros miraron fijamente al muñeco de nieve.
—¿Una pregunta?, repitió el conejo. Dime de qué se trata.
Nervioso, el muñeco de nieve rascó la zanahoria que le servía
de nariz.
—Oí decir a alguien que la nieve se derretirá durante la primavera.
¿Es verdad?

El conejo rió.

—¡Vaya, vaya! ¡Un muñeco de nieve que no sabe que la nieve se derrite!

—Pero, ¿por qué?

—Es muy sencillo, respondió el conejo. Cuando es primavera, el sol calienta más, la temperatura aumenta y la nieve se derrite.

—¡Es terrible!

—¡Bah! No te preocupes, dijo el conejo. ¡Te quedan cuatro meses por delante!

El conejo se alejó saltando y desapareció tras un seto helado.

El muñeco de nieve sacudió la cabeza con tristeza.

—Es muy injusto.

—No estés triste, le dijo un tierno gorrión, posándose en su nariz. ¿Sabes?, existe un país donde la nieve nunca se derrite.

El muñeco de nieve abrió desmesuradamente sus ojos de botones.

—¿Qué dices?

El gorrión saltó sobre la punta de su nariz.

—Ese lugar se llama polo Norte. No sé muy bien dónde está.
Pregúntale a las ocas silvestres. Ellas sí saben.

—¡Pero no puedo moverme de aquí! ¡El papá y su hijo se darían
cuenta... les parecería extraño y me buscarían!

—No te preocupes, yo me encargaré de todo, contestó el gorrión.
Luego se elevó hacia el cielo y desapareció.

Dos días más tarde, una oca silvestre se posó en el jardín.
—¿Es usted el montón de nieve que habla?
El muñeco de nieve la saludó levantando su viejo sombrero.
—Gracias por venir, respondió.
—¿Qué es lo que quiere saber?
—Quiero que me diga dónde está el polo Norte.
—¿El polo Norte? No es nada complicado. Para llegar debe caminar
en línea recta, por allá, a siete mil kilómetros de aquí.

El muñeco de nieve ciñó la pipa para ocultar su pena.
—¿Usted sabe cómo podría ir allá?
El ave hizo un gesto burlón.
—¡Es obvio que usted no puede ir volando!
No le queda más que utilizar unos esquís. ¡Unos esquís
para un montón de nieve, eso sí es difícil!
La oca rió.

—¿Usted podría llevarme?

Al escucharlo, la oca salvaje estuvo a punto de atragantarse de la impresión.

—¿Llevarlo? ¿Cómo? ¡Sobre mi lomo, tal vez! Pero, ¿conoce el clima del polo Norte? Hace un frío insoportable. ¿Está usted loco?

Y se alejó, refunfuñando.

El corazón del pobre muñeco de nieve se estremeció de tristeza.
Por sus ojos de botones corrieron gruesas lágrimas que se
congelaron sobre sus mejillas.

Hacía algunos minutos que el niño jugaba en el jardín, de pronto se dirigió al muñeco de nieve. Lo observó frunciendo las cejas.

—Tienes un aspecto realmente triste. Hasta diría que has llorado.

El muñeco de nieve titubeó, luego decidió responder al niño:

—No te equivocas, he llorado.

—¿Por qué?

—Me derretiré en la primavera si no llego pronto al polo Norte.

—¿Estás triste porque
vas a derretirte?
El muñeco de nieve bajó la
cabeza. El niño continuó:
—Ya no te preocupes. Un buen amigo mío,
que vive en el polo Norte, pasará por aquí la
noche del 24 de diciembre. Tengo que escribirle en estos días. Le
pediré que te lleve en su trineo cuando pase por aquí.
—¿Crees que acepte?
—Es muy amable, sonrió el niño. Muy, muy amable. Nunca le niega un
regalo a un niño que se porta bien y yo soy muy bueno...

El 25 de diciembre, el papá entró a casa muy preocupado.
—¡El muñeco de nieve que estaba en el jardín... ha desaparecido!
—Ya lo sé, sonrió el niño, ya lo sé...

Cuando bajes del cielo... (El paracaídas)

Material: un cuadrado de tela lisa, que mida cuando menos 30 x 30 centímetros, pintura vinílica, 2 metros de cordón grueso, tijeras, una pequeña figura de Navidad (un Santa Claus, un muñeco de nieve, un duende...).
Atención: el cuadrado de tela debe ser al menos tres veces más grande que la figura que colgarás en él.

1. Pinta el cuadrado de tela a tu gusto. Puedes dibujar, por ejemplo, pequeñas estrellas o nubes.

2. Una vez que esté seco, corta el cordón en cuatro partes de 50 cm cada una, átalas a las cuatro puntas de la tela haciendo un pequeño nudo firme.

3. Amarra los cuatro cordones al personaje. ¡Sujétalo muy bien!

4. ¡Tu paracaídas está listo! Sube a un lugar elevado, lanza al personaje y lo verás descender lentamente...

La Navidad de Adelaida

Adelaida es una pequeña topo que vive bajo la tierra
y rara vez saca la nariz a la superficie.
Aquel día, Adelaida refunfuñaba en un rincón, no estaba contenta;
sabía que pronto sería Navidad y, como cada año, soñaba con tener
un hermoso pino en su casa.

Su mamá le explicó que era imposible
introducir un pino en las galerías que cavan los topos.
Los pinos crecen en la tierra, sólo las raíces quedan debajo.
Mamá Topo llevó algunas ramas de pino
para decorar la madriguera,
pero a Adelaida no le gustó la idea.
Ella quería un verdadero pino para adornarlo
con esferas y guirnaldas.

Adelaida salió a pasear y se encontró a su amigo José,
la ardilla, que buscaba algo de comer entre los árboles.
Como había nevado mucho, para José
no era fácil encontrar comida.
—¡Buenos días!, le dijo Adelaida. Tienes suerte de
poder festejar la Navidad en un pino.
—¡Buenos días, Adelaida!, contestó José.
¿Sabes? Los pinos no me gustan mucho.
En ellos no puedo encontrar
comida, ni saltar fácilmente.

—Pero, bueno, dijo Adelaida, ¡un pino es estupendo para Navidad!
¡A mí me gustaría tener uno para decorarlo!
—¡Ah, sí!, dijo José. Es muy buena idea, no lo había pensado.
En la Navidad, prefiero disfrutar con mi familia
el calor del hogar, comiendo nueces, mientras nos
contamos historias y reímos juntos.

Adelaida regresó a su casa, pensativa.
"Después de todo, ¿es tan importante un árbol
de Navidad?", se preguntó en silencio.
Llegó a la sala de su casa, la atravesó y entró en su habitación.

Mientras tanto, a Mamá Topo se le ocurrió una idea.
Desprendió las raíces del pino que colgaban sobre el comedor y
las adornó con guirnaldas y esferas. El resultado fue fascinante.
Parecía que el pino salía del techo. Estaba tan adornado
que las raíces ya no se veían.
Mamá Topo llamó a Adelaida:
—Adelaida, ven a ver esto, por favor.
Adelaida llegó al comedor y se detuvo en la entrada.
—¡Oh, mamá, qué lindo se ve!, exclamó.
¿Cómo hiciste para traer ese pino?
—Es un secreto, contestó Mamá Topo.

Adelaida corrió hacia su mamá y la abrazó.
—¡Gracias, mamá, eres maravillosa! Pero, ¿sabes?, he decidido no seguir exigiendo un árbol. Después de todo, lo importante en Navidad es convivir con la familia y los amigos. Tenías razón, las ramas de pino también son hermosas. Pero lo que me hace más feliz es todo lo que has hecho para complacerme.
¡Feliz Navidad, mamá querida!

El pequeño abedul y el gran pino

—¡Qué hermoso eres!, exclamó el pequeño abedul mientras contemplaba al gran pino frondoso. ¡Te ves majestuoso! ¡Cómo quisiera parecerme a ti! Conservas las mismas ramas desde la primavera y hasta el invierno, mientras mis hojas, en cuanto llega el otoño, se ponen amarillas y caen una tras otra...

El pino se quedó callado. El rey de los árboles del bosque no se rebaja hablando con arbolillos escuálidos y desnudos.

—¡Y además, continuó el pequeño abedul, es diciembre; la nieve te hace lucir aún más bonito! Los niños vendrán a adornarte muy pronto, ¡serás el rey de reyes de este bosque durante todo un mes! El gran pino giró sus ramas despectivamente. "¿El rey de reyes?, pensaba. *¡No necesito guirnaldas ni esferas de colores para serlo, durante todo el año soy el rey de reyes!*".

—¡Ah!, suspiró el pequeño abedul, ¡cómo quisiera estar en tu lugar...!

Según un viejo refrán, a las palabras se las lleva el viento. Así que
las del pequeño abedul, llevadas y traídas por el viento,
volaron hasta las puertas de las madrigueras y de las cuevas
de los animales del bosque.

—El pequeño abedul está triste, se oyó por aquí.

—¡Él desea formar parte de los festejos!, se decía por allá.

—¿Por qué los pinos son los únicos que deben
adornarse en la Navidad?

—Las esferas y las guirnaldas se verían
muy bien en un tierno abedul...

Después, las palabras se desvanecieron en el aire, dejando en el
corazón de los animales la alegre impresión de que
esa Navidad sería diferente.

En la Nochebuena, todos los animales del bosque se reunieron, llevaban numerosos adornos, regalos y comida. Guiados por el viento, encontraron enseguida al pequeño abedul en la parte más profunda del bosque y lo decoraron del tronco a la punta más elevada con guirnaldas de oro y plata, esferas de un rojo brillante y luces suaves y alegres... Lo cubrieron de risas, ternura y regalos; sin duda alguna fue la Navidad más hermosa para el pequeño abedul. En cuanto al pino, "el rey de reyes", esa noche se sintió..., ¡el más insignificante!

Un pino en tercera dimensión

Material: una hoja de papel marquilla de 24 x 32 cm, una regla, un lápiz y un plumón de color verde.
(Si eres muy pequeño, pide a un adulto que te ayude a realizar los pasos 1 y 2.)

1. Sobre la hoja de papel, traza un punto cada 2 cm a lo largo (en la parte inferior y superior de la hoja).

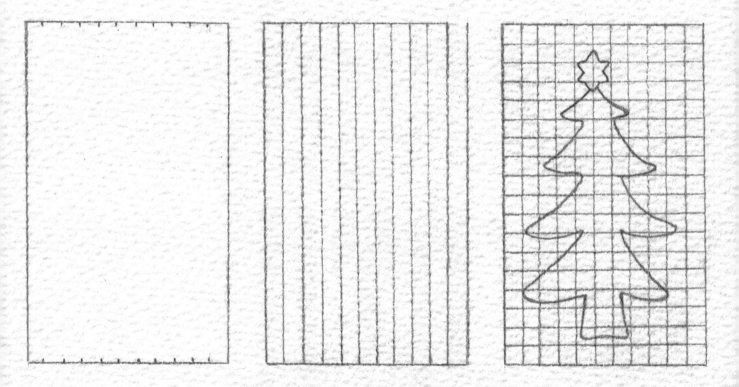

2. Une las marcas de arriba y de abajo y obtendrás unas columnas.

3. Dibuja la silueta de un hermoso pino. No lo colorees todavía.

4. Ilumina de verde una columna y deja en blanco la siguiente.
No colorees el pino.

5. Ahora, pinta como se muestra en el dibujo, las secciones del pino
que atraviesan las columnas en blanco.
¡Has terminado tu pino en tercera dimensión!

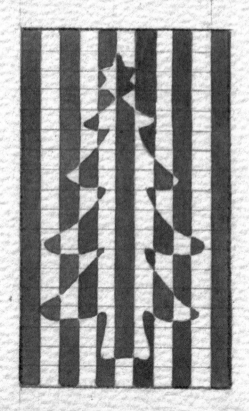

Papel para cartas

Elabora de manera sencilla hojas de papel con diseños modernos y coloridos. Escribe tu carta a Santa Claus, ¡se verá mágica!

Material: tapones de corcho, alfileres con cabeza de plástico, un cuadrado de esponja, tijeras, pintura de agua y papel bond de color.

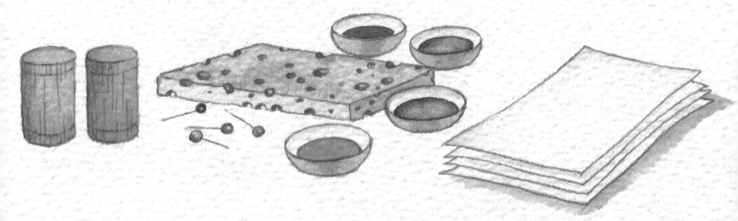

1. Dibuja sobre la esponja figuras navideñas pequeñas, como pinos de Navidad, estrellas, corazones, y después recórtalas.

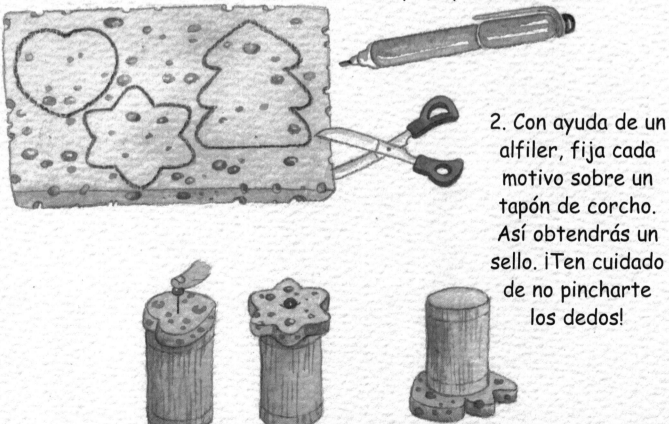

2. Con ayuda de un alfiler, fija cada motivo sobre un tapón de corcho. Así obtendrás un sello. ¡Ten cuidado de no pincharte los dedos!

3. Sumerge el sello en la
pintura, por el lado de
la esponja, e imprime
suavemente sobre el papel:
en los bordes puedes usar
un color más oscuro y sobre
toda la superficie,
un color más claro.

4. Deja secar. ¡Tu papel
decorado está listo para
que escribas tu carta!

La dieta de Santa Claus

—¡Santa Claus, está muy gordo!, exclamó Gimir, el duende médico. Santa Claus, de pie sobre la báscula, miraba fijamente la aguja detenida en los 176 kilos.

—Siempre he pesado lo mismo, protestó débilmente. Aun siendo un bebé, pesaba 176 kilos. Es un peso que se hereda de padres a hijos...

—¡No diga tonterías!, dijo Gimir enojado. Lo pondré a un régimen estricto. Deporte y alimentación sana eliminarán ese sobrepeso.
—¿Una... una dieta?, preguntó Santa Claus alarmado. ¿Un régimen? ¡Dios mío! ¿Y... cuándo comenzaré?
—¡Inmediatamente!

Desde entonces, Santa Claus siguió escrupulosamente la dieta de adelgazamiento elaborada por Gimir.

Desayuno: medio pan tostado y un vaso grande de agua.

Comida: tres guisantes (chícharos), una cola de pescado hervida y un vaso grande de agua.

Postre: la mitad de un corazón de manzana.

Merienda: un vaso grande de agua.

Cena: seis guisantes, una cabeza de pescado cruda y un vaso grande de agua.

Postre: la otra mitad del corazón de manzana que sobró de la comida.

El tratamiento incluía ejercicio físico estrictamente supervisado por el duende médico. Pesas por la mañana, a cargo de un duende muy musculoso. Judo al mediodía, bajo la dirección de un duende japonés. Básquetbol por la tarde, con un duende muy alto. Por la noche, caminata con raquetas por la nieve del polo Norte, acompañado por un duende esquimal.

Gimir estaba insoportable, no permitía que Santa Claus rompiera el régimen: ni una siesta, ni un descanso durante el día y, sobre todo, ninguna comida extra, excepto el domingo. Ese día era de fiesta.

Desayuno: un pan tostado entero mojado en un vaso de leche fría.
Comida: cuatro guisantes, un ala de pollo desplumada y hervida, un vaso grande de agua y una manzana.
Merienda: un vaso grande de leche fría.
Cena: doce guisantes, la otra ala del pollo hervida, un vaso grande de agua y, como postre, la cáscara de media manzana.

En tres semanas Santa Claus perdió 102 kilos. ¡La barriga y las mejillas hermosas y sonrosadas habían desaparecido!
Su traje rojo, que ahora le quedaba muy grande, fue sustituido por un traje verde oscuro, que le prestó un duende de talla grande.
Su barba blanca colgaba lastimosamente sobre su vientre plano.

—No ponga esa cara Santa Claus, gruñó Gimir. ¡Luce estupendo!
Vamos a dar un paseo en trineo para que se anime.
El aire fresco le hará bien, ¡ya verá!
—Si tú lo dices...

Con ayuda del duende médico, Santa Claus enganchó los renos
al trineo, se sentó y tiró de las riendas.
Pero los renos no se movieron.
—Sólo obedecemos a Santa Claus, respondieron.

—¡Pero si es Santa Claus!, exclamó Gimir sorprendido.

—Sí, confirmó Santa Claus, soy yo.

Burlándose, los renos rieron.

—El patrón pesa 176 kilos y se viste con un hermoso abrigo rojo.
¡Este hombrecillo verde y flaco no se le parece en nada!

Gimir se enojó, gritó, suplicó...

Los renos no avanzaron ni un metro.

—Si quiere que despeguemos el 24 de diciembre, es necesario que
el patrón, con sus 176 kilos, su traje rojo y su vientre redondo,
conduzca este trineo. ¡De lo contrario, no nos moveremos de aquí!

Entonces Santa Claus empezó una carrera contra el tiempo: ¡Debía recuperar 102 kilos en siete días!

Engulló diez pastelillos rellenos de crema, cubiertos con crema chantilly; sesenta y seis cajas de bombones, ciento cincuenta y cinco litros de helado de caramelo, ciento cuarenta y ocho tartas de chocolate, mejillones rellenos, papas fritas, salchichón, quesos de cabra y de vaca...

Tomó litros y litros de sodas, comió montañas de espaguetis, toneladas de pizzas, océanos de puré de papas, miles de plátanos cubiertos de miel (una delicia, ¡pruébenlas!), pilas enteras de galletas de anís, kilómetros de salchichas y chorizos...

Muy pronto recuperó su hermoso traje rojo, su barriga redonda, sus mejillas rozagantes y coloradas, su barba esponjada y blanca y su alegría de vivir.

Todavía el 24 de diciembre devoró carne con salsa, pastas, papas y postres glaseados desde el amanecer hasta el anochecer...

En la Nochebuena, justo antes de partir en su trineo lleno de regalos, tirado por los renos, que lo habían reconocido muy bien, Santa Claus hizo una seña a Gimir y le pidió que se acercara.

—¡Me pesé antes de salir!, le advirtió, ¡he llegado a 181 kilos!

Gimir se sobresaltó:

—¡Santa Claus, está usted muy gordo!

Santa Claus lanzó una carcajada.

—¡No te preocupes, me pondré a régimen cuando regrese! ¡Jo, jo! ¡Vamos, amigos!

Gimir observó cómo el trineo se elevaba por los aires y se preguntó si Santa Claus estaría burlándose de él.

Conozco la respuesta, ¿y ustedes?

Dulces de oro

Ingredientes: dos cucharadas soperas de miel de abeja, dos cucharadas soperas de azúcar morena, una taza y media de semillas de sésamo (ajonjolí), cacahuetes o semillas de girasol.
Utensilios: una cuchara de madera, un cuchillo, una sartén y una placa de metal.

1. Dora las semillas de sésamo (ajonjolí) a fuego bajo en una sartén (sin aceite ni mantequilla).

2. Agrega la miel y el azúcar morena.

3. Mezcla bien con la cuchara de madera, moviendo sin parar durante unos diez minutos a fuego bajo.

4. Vierte la mezcla líquida sobre la placa de metal. Ten cuidado para no quemarte.

5. Extiéndela cuidadosamente.

6. Cuando la pasta se enfríe, córtala en pequeños cuadros con un cuchillo (puedes romperla en pedacitos con la cuchara de madera, también así es deliciosa). ¡Disfrútalos!

El Año Nuevo
de los cazadores

Aquel año, los cazadores del pueblo por fin aceptaron
hacer algo que los niños pidieron desde hacía meses.
El 31 de diciembre, día del gran mercado del Año Nuevo,
se reunieron en la gran plaza de la iglesia y colocaron sus
fusiles sobre un montón de leña.

Entonces, los cazadores anunciaron a los niños:
—¡Avisen a sus amigos los animales, que hoy a medianoche haremos una gran fogata aquí, una hoguera de leña y de escopetas, un fuego de alegría, un fuego de paz!

Al principio, los niños se quedaron muy sorprendidos, pero pronto comprendieron que la caza llegaba a su fin.
Hicieron collares de guirnaldas y los pusieron en el cuello de los emocionados cazadores. La alegría de los pobladores se reflejaba en los ojos de los niños, que brillaban con una luz muy especial.

Enseguida, las madres autorizaron a sus hijos a ir al
bosque para dar la gran noticia a los animales. Una larga hilera de
niños, los pequeños adelante y los mayores atrás, avanzó al ritmo
de sus risas por el gran bosque.
—¡Los cazadores ya no cazarán!
—¡Sus rifles serán destruidos!
—¡Todos están invitados!

Del pájaro al lobo, del alce al ciervo, del jabalí al zorro, todos
escucharon ese curioso llamado.
—¿Ya no habrá rifles?, preguntaba un oso. ¿Los hombres habrán
comprendido al fin?
Las voces ruidosas del bosque despertaron a un búho.
—¿Ya no habrá rifles? ¡Seguramente es un sueño!

Una familia de tordos bajó de su nido para encontrarse con los niños.
—Nosotros sí les creemos, dijeron, muéstrenos el camino.
Algunos animalitos se les unieron: ardillas y patos, nutrias y
puercoespines. Luego otros más grandes: zorros y pavos reales,
lobos y jabalíes, osos y ciervos; todos se reunieron y siguieron a los
niños y a las niñas hasta el pueblo.

El pueblo recibió a los animales con los brazos abiertos; los llevaron
hasta el mercado, donde los vendedores les ofrecieron comida
y bebida sonriendo y cantando. Una mujer obsequió una bolsa de
bellotas a una familia de jabalíes. Un apicultor regaló un
cubo de su mejor miel a tres osos simpáticos.

Todo el pueblo les ofrecía regalos: granos para los lirones y las musarañas, nueces para las ardillas y paja fresca para las cabras.

De pronto ocurrió un milagro: los ciervos bromeaban con los cazadores, los zorros jugaban con las gallinas de la granja y los lobos se divertían con los perros del pastor.

Cerca del asador de castañas, unos pájaros, con infinita paciencia, enseñaban a silbar a las niñas.

En cuanto a los niños, una vieja lechuza les contaba la historia del gran bosque y de sus habitantes, de los momentos de felicidad y de tristeza.

Por fin, a la medianoche, cuando repicaban las últimas doce campanadas del año, los cazadores, sin retractarse, encendieron el fuego de la nueva amistad que nació en ese momento. Los rifles ardieron en llamas, y en los ojos de los animales se reflejaba un gran alivio. Se acercaron al fuego y se tomaron de las patas, arrullados por el calor de la fogata en la que su peor enemigo se desvanecía.

Los niños estaban emocionados porque sabían que, de ahora en adelante, hombres y animales vivirían en armonía, nunca más buscarían hacerse daño.

Móvil de Navidad

Material: papel periódico, un plumón de tinta negra indeleble, tijeras, una engrapadora, una liga y pintura de agua.

1. Toma una hoja doble de papel periódico. En la página superior, dibuja con el plumón una cara de Santa Claus grande.

2. Recorta la cabeza en la hoja doble: obtendrás dos cabezas de Santa Claus.

3. Engrapa las dos cabezas juntas por el borde. Asegúrate de que no queden espacios sin engrapar.

4. Llena la cabeza con pequeñas bolas de papel periódico y engrapa el espacio que faltó.

5. Colorea la cabeza de Santa Claus a tu gusto, por los dos lados.

6. Delínea con el plumón los rasgos de Santa Claus (la barba, el gorro, los ojos, la nariz, etcétera).

7. Corta la liga y engrápala sobre la parte superior de Santa Claus. Sujeta el móvil en el techo.

8. Puedes hacer todos los móviles que quieras de la misma manera: pino, muñeco de nieve, duende... Tú decides.

Santa Claus-Robin Hood

—¿Papá, Santa Claus es mejor que tú?,
preguntó Mary antes de apagar la luz.
—¿Santa Claus? Oh... En nuestros días, sí, es posible,
¡pero antes, claro que no!
Mary frunció las cejas.
—¿Qué quieres decir?

—¡Antes, Santa Claus era un salteador de caminos!
La niña, horrorizada, abrió los ojos desmesuradamente.
—¿Un bandido?
—¡Un bandido!, repitió el papá. Déjame contarte
lo que nunca se dice de este simpático hombrecillo:

¡Santa Claus y sus duendes no siempre han vivido en el polo Norte!
Los duendes vivían en los bosques: allí los vio por primera vez, hace
cuatrocientos años, más o menos. Los duendes vagaban por aquí y
por allá, sin rumbo fijo. Santa Claus decidió protegerlos,
se convirtió en su jefe y les enseñó a robar a los ricos
que pasaban por esas tierras.
Mary sacudió la cabeza.
—¡Es imposible!

—Así es, aseguró el papá. Pero eso no es todo:
Santa Claus camuflaba su gran abrigo rojo con espesos follajes.
Trepaba a los árboles con la agilidad de los grandes acróbatas.
Nadie lo oía desplazarse, era discreto como el viento y astuto como
una pantera. Desde lo alto de los montes, vigilaba todos los caminos
que llevaban al bosque de Nordwood, ¡y pobre de aquel
que se atreviera a cruzarlo sin su autorización!
—¡Papá, te estás burlando de mí!
—¡No, todo lo que te digo es cierto!

Santa Claus y su banda de duendes devoraban jabalíes, gallinas, faisanes y hasta lobos, que asaban al calor de la leña. Comían en el suelo, con los dedos, sin servilletas alrededor del cuello.

—¡Era un espectáculo muy desagradable!, ¿te imaginas?

—¿Estás seguro de que no estás inventando todo eso?

—¡Absolutamente! ¡Y todavía hay más, no lo he dicho todo!

Santa Claus enseñaba a los duendes a tirar con el arco. ¡Él mismo era un magnífico arquero, sin duda el mejor del país! Su pasatiempo favorito era apuntar a la esfera de Navidad que colocaba en la cabeza de los ricos mercaderes que habían tenido la desgracia de caer entre sus garras. Lanzaba flecha tras flecha, hasta traspasar la esfera de lado a lado.

—¡Vamos papá, no digas tonterías!

—¡Es la verdad, Mary, la pura verdad!

Cuando una carroza cruzaba el sendero del bosque, Santa Claus, de pie sobre dos renos, rodeaba el camino y le bloqueaba el paso gritando: ¡Jo, jo, jo, jo! Los duendes se encargaban de despojar a los ocupantes de la carroza de sus joyas y sus monedas de oro. Si un rico mercader se negaba a someterse, Santa Claus lo transformaba en conejo de Navidad!

—En árbol de Navidad, querrás decir, intervino Mary.

—¡No! ¡En CONEJO de Navidad, con guirnaldas y esferas!

—¡Hablas sin pensar...!, rió la pequeña niña.

Finalmente, después de algunas rapiñas por el estilo, Santa Claus llevó su botín al pueblo, cambió las joyas por oro, y con el oro compró diferentes materiales: madera, telas y botones, con los que fabricaba juguetes para los niños pobres de la región.

—¿Había muchos niños pobres?

—Muchos, respondió el papá. ¿Pero ya te diste cuenta de que ese Santa Claus no era más que un vulgar bandido que se parece a...?

—¿Robin Hood?, sonrió la niña.

El papá rió de buena gana.

—Tienes razón, pequeña traviesa, te he contado las aventuras de "Santa Claus-Robin Hood".

—¿Sabes, papá?, exclamó Mary riendo a su vez. No sé si Santa Claus es mejor que tú o no, pero sí estoy segura de una cosa: ¡tú estás más loco que él!

El secreto del gato

Al gato de la casa le encanta la Navidad.
Santa Claus no le trae nada, ¡por supuesto!
La Navidad es una fiesta para los niños que se portan bien,
no para los felinos.
En Navidad, por ejemplo, hay nieve en el jardín.
Durante el amanecer, al gato de la casa le gusta salir por la puerta
de las mascotas para correr por la nieve suave recién caída.
Los árboles desnudos parecen más acogedores cubiertos con
ese manto blanco, y es un gran placer trepar en ellos.
Sí, vaya que sí, al gato de la casa le gusta la Navidad.

Los niños también cambian. Están alegres y como tienen vacaciones, lo acarician mañana y noche, le cuentan lo que pidieron a Santa Claus, juegan al escondite con él... ¡Nunca tiran de su cola ni le ponen mostaza en su leche!
¡Oh! ¡Eso sí, al gato de la casa le gusta la Navidad!

Además, conoce un gran secreto que
lo hace feliz durante el resto del año.
El 24 de diciembre, cuando todos en casa duermen profundamente,
observa el espectáculo más extraordinario del mundo:
¡Ve a Santa Claus deslizarse por la chimenea para depositar
los regalos al pie del árbol!
En cada ocasión, el gato de la casa recibe una pequeña caricia
en el hocico, que agradece con ronroneos.
Sí, al gato de la casa le gusta la Navidad.

A la mañana siguiente, mientras los niños abren sus regalos, maravillado, el gato de la casa rueda sobre las envolturas y juega con las cintas de colores brillantes.

Una vez en sus habitaciones, los niños le dan sus muñecos de peluche usados, para hacerle un lugar a los juguetes nuevos.
Al gato de la casa le encantan los muñecos de peluche: salta sobre ellos, los mordisquea o los araña como si fueran ratones.
Sí, al gato de la casa le fascina la Navidad.

Finalmente, cuando el frío inclemente llega allá fuera,
el papá enciende la leña en la chimenea.
El gato se sienta entonces sobre un cojín mullido,
cerca del fuego, y se deja adormecer por el calor.
¡Sí, el gato de la casa adora la Navidad!

Pan francés

Ésta es una receta muy conocida y sencilla, que evitará el desperdicio del pan sobrante durante las fiestas de Navidad.

Ingredientes: pan duro, 1 litro de leche, 2 huevos, mantequilla y azúcar en polvo o mermelada para la presentación.

- Corta el pan en rebanadas delgadas.
- En un plato hondo, mezcla la leche y los dos huevos.
- Remoja las rebanadas de pan en el plato, por ambos lados, de manera que queden bien empapadas.
- En una sartén derrite la mantequilla y fríe las rebanadas de pan por ambos lados.
- Sirve en platos individuales las rebanadas bien doradas, espolvoréalas con azúcar en polvo o úntales mermelada y, ¡disfrútalas!

Un regalo inolvidable

Hacía una hora que Beto jugaba en la nieve del jardín,
cuando una ardilla con un gorro rojo y puntiagudo
depositó un sobre a sus pies.
—¿Beto?, preguntó el animal.
—Soy yo, respondió el niño.

La ardilla se inclinó.

—Entonces esta carta es para ti.

Beto recogió el sobre de la nieve.

En lugar de una estampilla, tenía un sello formado
por cuatro letras entrelazadas, "S. C. P. N".

Debajo estaba escrita la palabra: "Beto".

—¿Quién me la envía?, preguntó a la ardilla.

—¡Lee!, respondió la ardilla antes de alejarse saltando.

Beto abrió el sobre y leyó la carta que le habían enviado:

Beto,
Esta noche abrígate bien. Te haré una visita.
Firma: Santa Claus, polo Norte.

Leyó la carta tres veces sin lograr entender su significado.
Esa noche era 24 de diciembre. Le parecía normal que Santa Claus pasara a verlo, ¡como sucede con todos los niños del mundo que se portan bien!
Encogió los hombros, guardó la carta en su bolsillo y no pensó más en ella.

Beto dormía profundamente cuando la
ardilla del gorro puntiagudo lo despertó.
—¡Vamos, de pie, despierta, te estamos esperando!
Beto se sentó en su cama, con los ojos
entrecerrados de sueño.
—¿Ya amaneció?
—¡No, no, vamos!, insistió el roedor desesperado.
¡Ven pronto a la ventana, ya nos vamos!

El niño avanzó titubeando hasta la ventana.

—¿Y ese pijama?, refunfuñó la ardilla. ¡Te dijimos que te abrigaras bien! ¡Afortunadamente Santa Claus piensa en todo! ¡Ponte esto!

Le dio un pantalón rojo, una chaqueta roja forrada con franela blanca, botas rojas y un gorro rojo con un pompón blanco.

Sin protestar, Beto se vistió, luego se asomó por la ventana.

Tardó algunos segundos en comprender el espectáculo que observaba.

Un trineo, tirado por renos blancos con cuernos de oro, flotaba a la altura de su habitación. Sobre el asiento de cuero rojo, conduciendo el trineo, estaba Santa Claus con su barba blanca, su traje y su gorro de color rojo brillante, una sonrisa iluminaba su rostro.

—¿Santa... Santa Claus?

—Vamos Beto, sube, esta noche no quiero perder ni un minuto.

Asombrado, el niño saltó por la ventana acompañado por
la ardilla del gorro puntiagudo.
Se sentaron juntos, a un lado de Santa Claus, mientras
los renos iniciaban el viaje a través del cielo.

—Tenemos mucho trabajo esta noche, anunció Santa Claus.
—¿Tenemos...?, dijo Beto sorprendido.
—Sí, mi niño. Este año te has portado mejor que los demás niños buenos y este viaje es tu recompensa. Nadie notará tu ausencia, el tiempo pasa de manera diferente para Santa Claus, por eso puedo repartir todos estos regalos en una sola noche. La noche del 24 de diciembre puede durar mil horas si así lo deseo. De hecho, no se termina hasta que dejo el último regalo al pie del último árbol...
Beto no creía lo que escuchaba.

—¡Santa Claus, no sé cómo agradecerte este regalo tan maravilloso!
—¡Y todavía no has visto nada!, exclamó la ardilla.
¡Abre bien los ojos y mira!
Beto obedeció y miró...
La ardilla tenía cien veces razón. Lo que vio esa noche
superaba todos sus sueños de niño.

Vio niños del mundo entero, desde los que habitan en chozas de
bambú, hasta los que viven en rascacielos; de las casas de adobe,
a las mansiones de cristal; del castillo más antiguo, a la casa más
moderna.

Aprendió que no todos los niños del mundo conocen la nieve y el frío
del invierno, que las navidades de los países cálidos eran coloridas,
ricas en aromas y frutas exóticas, y que las de las altas montañas
estaban llenas de esculturas de hielo, inmensas fogatas y comidas
sustanciosas.

Comprendió que la Navidad no se llama igual en todos los lugares, para unos era *Christmas, Kerstmis,* y para otros *Weinacht, Natale* o *Noel;* que en algunas casas no hay árboles de Navidad junto a la chimenea y que, por otra parte, no siempre había una chimenea cerca para colocar el árbol de Navidad...

Vio las estrellas en el cielo, más allá de las nubes; sobrevoló el polo
Norte y descubrió a los duendes, el polo Sur y sus pingüinos;
observó el Este, donde el sol trataba en vano de levantarse, y el
Oeste, donde no acababa de ocultarse.
Vio tantas y tantas cosas que se durmió abrazado tiernamente
a la ardilla del gorro puntiagudo.

—Beto, Santa Claus ya vino, susurró mamá al oído.
Abrió los ojos lentamente, estaba en su habitación en pijama,
junto a un gorro rojo con un pompón blanco.
"¡Oh, sí!", pensó sonriendo, "¡ya vino Santa Claus!".
Se acercó a la ventana. El trineo ya no estaba, pero abajo, en el
jardín, una simpática ardilla, con un gorro rojo puntiagudo, le hizo
una seña con la pata antes de desaparecer entre los matorrales...

El trompo estrellado

Material: Un fósforo de madera tallado en punta, un tapón de plástico de botella, pasta para modelar, martillo, un clavo, un pedazo de cartón, un plumón, unas tijeras, pintura de agua y cinta adhesiva.

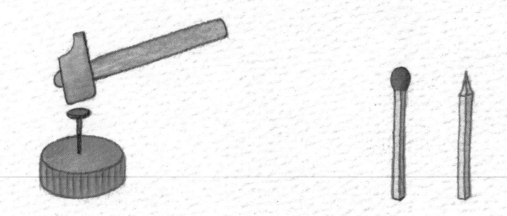

Antes de empezar, pide a un adulto que, con ayuda del martillo y el clavo, haga un orificio en medio del tapón y talle un extremo del palito para hacerle una punta (con un cuchillo, por ejemplo).

1. Coloca el tapón sobre el cartón, traza el contorno con un plumón y perfora el centro del círculo obtenido.

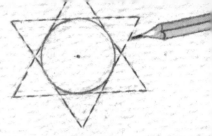

2. Dibuja una bonita estrella de cinco picos, alrededor del círculo.

3. Recorta cuidadosamente la estrella y píntala.

4. Rellena el tapón con pasta para modelar.

5. Pega la estrella sobre el tapón con cinta adhesiva o pegamento para plástico.

6. Introduce el fósforo tallado en punta a través de los orificios de la estrella y del tapón.

7. Haz girar tu trompo con la punta hacia abajo.

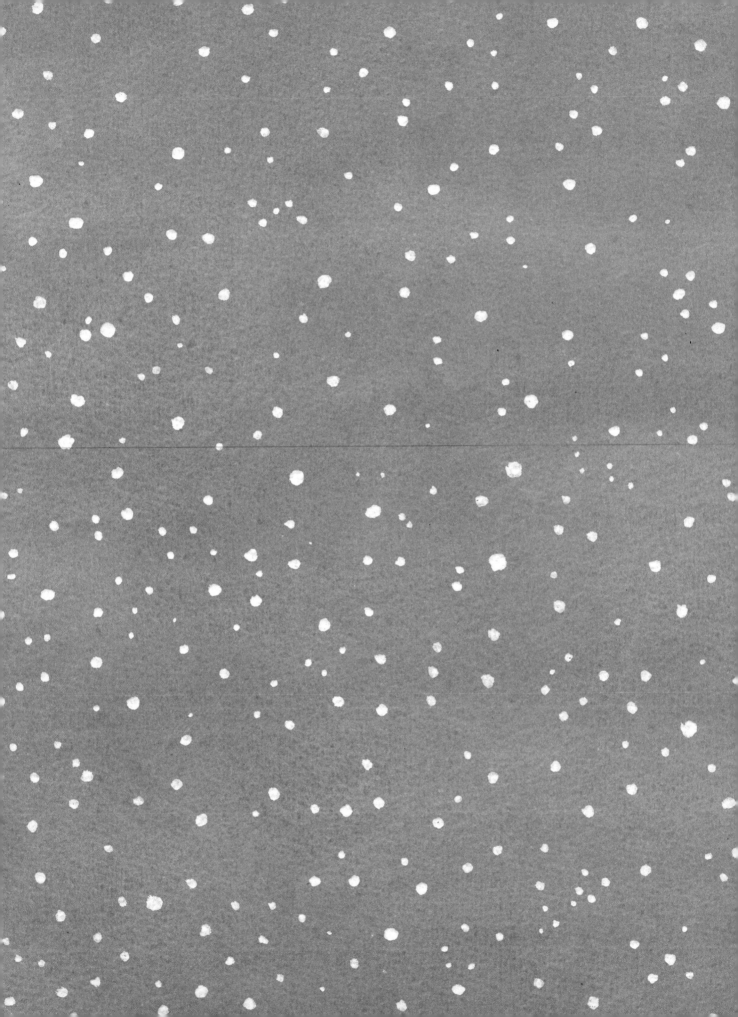